Die Rückwärtsuhr

Sarina Maria Lesinski

Impressum

Satz und Layout: Gudrun Strüber Fabuloso Verlag

Auslieferung: Sarina Maria Lesinski, Blankenburg
Tel. 03944 2157,
e-mail: lesinski@borten-buecher.de
www.borten-buecher.de

Printed in Germany

ISBN: 978-3-945346-00-6
Preis: 6,80 €

Die Rückwärtsuhr

Sarina M. Lesinski

Gefunden

Was gibt es Spannenderes für einen Jungen, als einen Dachboden voller alter Möbel, Kisten und Kästchen, in denen es sich nach Herzenslust herumstöbern lässt?

So war auch Florian an einem verregneten Ferientag auf den Dachboden des kleinen Fachwerkhauses seiner Großmutter gestiegen und versuchte die Schubladen einer alten Kommode zu öffnen, was ihm nur mit großer Anstrengung gelang. Das alte Holz hatte sich etwas verzogen und gab seine Geheimnisse nur widerwillig preis. Mit einem lauten Quietschen ließ sich schließlich die oberste Schublade herausziehen.

„Oh, oh", flüsterte Florian, „hoffentlich hat Oma das Quietschen nicht gehört." Er schlich zur Bodenleiter und lauschte nach unten, wo seine Großmutter in der Küche das Mittagessen zubereitete.

Noch mal gutgegangen, dachte Florian erleichtert und nahm sich vor, bei seiner weiteren Erkundung vorsichtiger zu Werke zu gehen.

In der Schublade befanden sich zwei flache Kartons, von denen der eine mit alten Schals und der andere mit ebenso alten Handschuhen gefüllt war.

„Wer hebt denn so altes Zeug auf", wunderte sich Florian und war sichtlich enttäuscht. Vorsichtig zog er an der zweiten Schublade. Sie klemmte ebenfalls, und da Florian kein erneutes Quietschen riskieren wollte, zog er lieber die oberste Schublade ganz heraus, was ihm lautlos gelang, und stellte sie neben die Kommode.

Dann hockte er sich hin und konnte nun von oben in die zweite Schublade hineinsehen. Der Inhalt sah interessanter aus. In einem hölzernen Kasten ohne Deckel lagen große goldfarbene Metallringe. Daneben entdeckte Florian einen beinahe durchsichtigen Beutel, der anscheinend aus einer alten Gardine genäht worden war. Und dieser Beutel war mit unterschiedlich großen und in allen Farben des Regenbogens schimmernden Glasmurmeln gefüllt.

Florian streckte den Arm in die Kommode und holte den Beutel heraus.

„Puh, ist der schwer", stellte er fest und setzte sich mit seinem Schatz auf eine braune Wolldecke, die er in einer Ecke des Dachbodens gefunden hatte. Er schüttete den Inhalt des Beutels auf die Decke. Durch das schräge Dachfenster schien die Sonne und ließ die Murmeln funkeln wie bunte Edelsteine. Einige besonders große Murmeln suchte Florian heraus, legte sie auf seine flache Hand und betrachtete sie staunend. Dann kam ihm die Idee, die Murmeln der Größe nach zu sortieren. Er legte sie in eine Reihe. Zuerst die ganz großen Murmeln. Die etwas kleineren bekamen eine Extrareihe und die ganz kleinen auch. Plötzlich entdeckte Florian zwischen den verbliebenen Kugeln ein merkwürdig aussehendes kleines Metallstück, das sich, als er danach griff, als ein Schlüssel entpuppte.

„Was machst du denn zwischen den Kugeln? Du gehörst doch gar nicht hier her", murmelte Florian, als ob der Schlüssel ihn hören konnte. Aber dann erwachte die Neugier und Florian stand auf. Welches Schloss mochte dieser Schlüssel wohl öffnen. Sofort versuchte er es an allen Möbelstücken, die auf dem Dachboden herumstanden, doch der Schlüssel passte nirgends. Während Florian noch nachdenklich mitten auf dem Dachboden stand, rief plötzlich seine Großmutter nach ihm.

„Flori, wo steckst du? Das Essen ist fertig. Geh deine Hände waschen und dann komm in die Küche."

Erschrocken zuckte Florian zusammen. Beinahe hätte er den Schlüssel fallen gelassen.

„Ich komme gleich", rief er nach unten und kletterte rasch die hölzerne Stiege hinab. Seine Großmutter sah es nicht gern, wenn ihr Enkel auf dem Dachboden spielte. Also musste er sich beeilen. Jetzt knurrte auch sein Magen und Florian verspürte Hunger. Es duftete verlockend aus der Küche. Als er den Kopf zur Tür hineinsteckte, entdeckte er, dass Oma Spaghetti gekocht hatte und Tomatensoße dazu, Florians Lieblingsessen.

„Na komm und setz dich, du hast bestimmt Hunger."

Das ließ Florian sich nicht zweimal sagen.

„Nach dem Essen muss ich mal kurz in die Stadt, möchtest du mitkommen?" Großmutter schaute fragend zu Florian, doch der schüttelte den Kopf. „Ich bleibe hier und male ein bisschen."

„Na gut, aber mach keinen Unsinn. Ich bin in einer halben Stunde wieder hier:"

„Ist schon o.k., lass dir ruhig Zeit, Oma", antwortete Florian.

„Das könnte dir so passen", scherzte Großmutter und räumte den Tisch ab. Florian konnte nicht mehrt still sitzen. Wenn Oma gegangen ist, kann ich hier unten probieren, zu welchem Schloss der Schlüssel passt, überlegte er. Hoffentlich dauert es nicht mehr so lange, bis sie geht.

Als die Zeit rückwärts lief

Kaum hatte Großmutter das Haus verlassen, stürmte Florian durch alle Räume und probierte seinen gefundenen Schlüssel an jeder Tür aus, die ein Schloss hatte. Doch er passte nirgends und Florians Enttäuschung wuchs. Schließlich hatte er alle Schlüssellöcher ausprobiert und war ziemlich ratlos vor der großen Standuhr stehen geblieben. Da fiel ihm auf, dass es oben im Zifferblatt dieser großen Uhr auch zwei Schlüssellöcher gab. Großmutter hatte ihm erzählt, dass seit Großvaters Tod diese Uhr nie mehr aufgezogen worden war, weil der Schlüssel verschwunden war. Vielleicht hatte Florian ja genau diesen Schlüssel gefunden. Doch das Zifferblatt war so weit oben - wie sollte er dort hingelangen? Ein Stuhl könnte vielleicht die Lösung sein. Vorsichtig öffnete Florian die Glastür an der Standuhr, schob dann einen Polsterstuhl so dicht wie möglich heran und kletterte hinauf. Nun reichte er tatsächlich an das Zifferblatt heran, steckte den Schlüssel in das rechte Schlüsselloch und siehe da – er passte. Langsam drehte Florian den Schlüssel herum. Dazu musste er beide Hände benutzen, so schwer ließ sich der Schlüssel drehen.

„Hoffentlich ist Oma nicht böse, wenn sie merkt, dass ich die Uhr aufgezogen habe", murmelte Florian vor sich hin und drehte weiter. Und dann geschah es.

Ein Ruck ging durch das Uhrwerk, als wäre es von einem langen Schlaf erwacht, und dann begann die Uhr zu ticken. und der große Zeiger bewegte sich, aber nicht rechts herum, wie er das normalerweise tut. Nein, der Zeiger drehte links herum und das immer schneller. Die Uhr lief rückwärts. Sie war einst um halb zwölf stehen geblieben, jetzt war es plötzlich zehn Uhr und der Zeiger raste weiter zurück, immer schneller und schneller, so dass Florian beim Zuschauen schwindelig wurde. Er hatte plötzlich das Gefühl, in den Uhrkasten hineingezogen zu werden und dann wurde ihm schwarz vor den Augen und er verlor die Besinnung.

Als Florian wieder zu sich kam, lag er auf einer Wiese und ein seltsam gekleideter Junge mit schmutzigem Gesicht beugte sich über ihn.

„Wo bin ich", fragte Florian verwundert, „und wer bist du?"

„Ich heiße Albrecht, und du?"

„Florian, aber wo bin ich hier? Ich war doch eben noch in Großmutters Haus?" Verwirrt richtete Florian sich auf.

„Sag mir lieber, wie du das gemacht hast. Kannst du zaubern?" Albrecht musterte Florian aufmerksam und fragte weiter: „Warum bist du so komisch angezogen?"

„Was? Was meinst du? Was ist komisch an einer Jeans und einem T-Shirt? Wenn hier einer komisch angezogen ist, dann bist du das. Wieso trägst du ein Kleid? Du bist doch ein Junge." Florian stand auf.

„Das ist kein Kleid sondern eine Tunika. Sie gehörte meinem älteren Bruder, deshalb ist sie mir noch ein bisschen zu groß."

„Du ziehst die Sachen von deinem Bruder an?", wunderte sich Florian.

„Na, ihm ist die Tunika zu klein, also hat er sie mir geschenkt. Und nun sag mir endlich, ob du ein Zauberer bist." Albrecht wurde langsam ungeduldig. Dieser fremde Junge brachte seinen ganzen Tagesablauf durcheinander.

„Wieso soll ich ein Zauberer sein. Wie kommst du denn auf so eine merkwürdige Idee?"

Dieser Junge ist nicht nur seltsam angezogen, er scheint auch ein bisschen verrückt zu sein, dachte Florian.

„Na, weil du plötzlich da warst. Den ganzen Vormittag war ich hier allein mit den Ziegen und von einem Moment auf den anderen lagst du auf meiner Wiese."

Erst jetzt bemerkte Florian die drei Ziegen, die im Schatten eines großen Baumes vor sich hin dösten.

„Das Letzte, an das ich mich erinnern kann, war die große Standuhr im Wohnzimmer meiner Großmutter. Ich hatte den Schlüssel gefunden und wollte sie aufziehen. Doch die Uhr lief falsch herum. Dann bin ich ohnmächtig geworden."

„Was ist eine Standuhr?"

„Na eine Uhr in einem großen Gehäuse, das auf dem Fußboden steht. Hast du noch nie eine Standuhr gesehen?"

„Nein, wir haben eine Sonnenuhr an der Kirche", gab Albrecht Antwort.

„Wie - ihr habt gar keine Armbanduhren ...? Aber woher wisst ihr dann, wie spät es ist?" Jetzt war Florian vollends verwirrt. Seine Oma ging sogar mit ihrer Armbanduhr zu Bett und in Florians Kinderzimmer hing eine Uhr an der Wand.

„Das verraten mir die Kirchenglocken", lachte Albrecht. „Wenn sie zum Abendgebet läuten, kehre ich mit den Ziegen ins Dorf zurück und bringe sie in den Stall.

Dann hat Mutter auch das Essen fertig und meine kleine Schwester versorgt. Wenn Vater mit meinem älteren Bruder aus der Schmiede heimkommt, dann wird gegessen."

„Wie heißt euer Dorf?", erkundigte sich Florian.

„Nienrode, es liegt unterhalb der Burg der Grafen von Regenstein."

„Regenstein?", stutzte Florian, „dann bin ich doch gar nicht so weit von zuhause weg. Ich wohne in Blankenburg und der Regenstein liegt am Rande der Stadt."

„Ja, Blankenburg liegt dort drüben. Da im Schloss lebt ein Vetter des Grafen von Regenstein." Albrecht war erleichtert, dass er nun wusste, woher der fremd aussehende Junge stammte.

„Aber auf dem Schloss in Blankenburg gibt es schon lange keinen Grafen mehr, und der Regenstein ist eine Ruine", widersprach Florian.

„Was, eine Ruine? Na dann komm mal mit." Mit großen Schritten lief Albrecht auf einen kleinen Hügel zu, gefolgt von einem neugierig gewordenen Florian. Von hier aus hatten sie einen guten Blick zwischen einigen Obstbäumen hindurch auf einen felsigen Höhenzug,

Hier kannst du ein eigenes Bild zu der Geschichte malen.

den eine stattliche Burg krönte.

„Wow, eine tolle Burg", staunte Florian, „können wir uns die ansehen?"

„Das ist der Regenstein." Da kannst du nicht einfach hinein. Dort gibt es große feste Tore und eine Zugbrücke."

Mit einem Mal verstand Florian, was mit ihm geschehen war. Nicht nur die Zeiger von Großmutters Standuhr hatten sich in die falsche Richtung gedreht, nein, auch die Zeit war rückwärts gelaufen und hatte Florian ins Mittelalter zurückversetzt. Jetzt verstand er auch, weshalb Albrecht so seltsam angezogen war und warum er das Dorf Nienrode, das vor den Toren seiner Heimatstadt Blankenburg lag, nicht kannte. Dieses Dorf gab es nicht mehr. Dort befanden sich heute Äcker. Und nun war auch klar, warum der Regenstein keine Ruine, sondern eine eng bebaute Burg mit vielen Gebäuden war. So also sah eine Zeitreise aus. Florian fühlte sich wie erschlagen und setzte sich erschöpft auf einen Stein. Was hatte er da nur angerichtet?

Familienleben im Mittelalter

Albrecht hatte sich still neben Florian gesetzt. Er spürte, dass der fremde Junge Zeit brauchte, um sich zurechtzufinden.

Irgendetwas musste geschehen sein.

Wieso kannte Florian den Regenstein als Ruine und behauptete, dass es auf dem Blankenburger Schloss schon lange keinen Grafen mehr gab.

Kam Florian aus der Zukunft? Der Alchimist, der vor einigen Sommern für ein paar Tage im Dorf lebte, hatte den Kindern erstaunliche Dinge erzählt, so dass die meisten ihn schließlich für einen Zauberer hielten und froh waren, als er weiter zog.

Was sollte Albrecht mit diesem Jungen anfangen? Die Sonne stand schon ziemlich tief. Bald würde die Kirchenglocke zum Abendgebet rufen. Er konnte Florian doch nicht allein auf dieser Wiese lassen, schon gar nicht über Nacht und ohne Essen.

„Du kommst heute mit zu uns nach Hause. Meine Mutter freut sich immer über Besuch und du kannst mit in meinem Bett schlafen", sagte Albrecht plötzlich und riss Florian aus seinen Gedanken.

„Und du bekommst auch keinen Ärger, wenn du einen Fremden mitbringst?", fragte Florian zaghaft.

„Nein, Mutter hat noch immer alle satt bekommen. Vater hat viel zu tun in der Schmiede. Er kann seine Familie gut davon ernähren." Stolz schwang in Albrechts Stimme mit.

„Dann geht es euch also gut", stellte Florian fest, „ ihr müsst nicht hungern."

„Nein, das müssen wir nicht. Natürlich müssen wir Abgaben leisten an den Grafen, aber der beschützt uns auch dafür. Auch die Kirche bekommt ihren Teil, aber es bleibt noch genug für uns übrig. Allerdings ...", Albrecht machte eine Pause, ehe er leise fortfuhr, „.... geht es nicht allen Leuten im Dorf so gut wie uns. Manche sind sehr arm und besonders schlimm ist es für jene, die krank sind und nicht arbeiten können. Es gibt auch zwei Bettler in unserem Dorf, den blinden Magnus und den lahmen Karl. Dem fehlt ein Bein. Meistens sitzen die Zwei neben der Kirchentür und betteln die Leute an, die zur Messe gehen. Mutter steckt ihnen manchmal ein paar Münzen zu oder einen Laib Brot, wenn sie gerade gebacken hat."

Inzwischen waren die Jungen im Dorf angekommen und Albrecht führte die Ziegen direkt zu einem Wohnhaus. Er öffnete die Tür und die Ziegen liefen ins Haus, als wäre das die normalste Sache der Welt. Florian war verwundert stehen geblieben. „Nun komm schon", rief Albrecht über die Schulter seinem neuen Freund zu und verschwand ebenfalls im Haus. Zaghaft trat Florian durch die geöffnete Tür und sah, dass Albrecht die Ziegen in einem Verschlag auf der linken Seite des Hauses unterbrachte. Im Haus war es dämmrig und Florians Augen mussten sich erst an die neuen Lichtverhältnisse gewöhnen. Auf der rechten Seite gab es ebenfalls abgetrennte Verschläge. Aus dem einen schaute ein Pferd heraus, aus dem anderen ein Esel. Irgendwo gackerten Hühner und weiter vorn öffnete sich der Raum zu einer Küche mit einem riesigen Herd in der Mitte, in dem ein Feuer brannte. Eine Frau hantierte mit allerlei Töpfen und Schüsseln. An der Wand stand ein großes Regal, auf dem Teller, Schüsseln, Trinkbecher und Krüge ihren Platz hatten.

Albrecht gab Florian einen leichten Schubs. „Na los, sag meiner Mutter guten Tag."

Die Frau am Herd drehte sich herum und lächelte den Jungen freundlich entgegen.

Sie trug ein knöchellanges braunes Kleid und eine Art Kopftuch, unter dem eine blonde Locke hervorschaute.

„Wen hast du denn da mitgebracht, Albrecht? Der Junge gehört nicht in unser Dorf." Sie musterte Florian aufmerksam und richtete dann das Wort direkt an ihn: „Wie heißt du und wo kommst du her?"

„Ich heiße Florian und wohne in Blankenburg."

„Du bist so seltsam gekleidet und dann auch noch in blau und rot. Das sind sehr teure Far-

ben. Die kann sich in unserem Dorf niemand leisten. Ist dein Vater ein Graf?"

„Nein, er ist Bauingenieur", antwortete Florian wahrheitsgemäß.

„Ein was ...?" Die Frau runzelte die Stirn. Wollte der fremde Junge sie veralbern? So ein Wort hatte sie noch nie gehört.

„Na, er baut Häuser, richtig große Häuser, nicht so kleine, wie hier im Dorf stehen." Wie soll ich ihr nur erklären, was Hochhäuser sind, überlegte Florian, aber Albrechts Mutter hatte sich schon wieder dem großen Topf auf dem Herd zugewandt, in dem sie eifrig rührte.

Kurz darauf kamen Albrechts Vater und sein älterer Bruder Lucas aus der Schmiede heim und die Familie versammelte sich um den Tisch, der unweit des Herdes stand.

Nachdem Albrecht Florian vorgestellt hatte, nahmen alle am Tisch Platz. Jeder erhielt einen handgeschnitzten Holzlöffel und ein Stück Brot. Mutter stellte eine große Schüssel auf den Tisch, in der sich dampfende und duftende Suppe befand. Zuerst füllte sie für den Vater eine Holzschale mit Suppe, dann für Lucas. Nun bekam auch Florian etwas, dann Albrecht und zum Schluss nahm Mutter sich von der Suppe, dann setzte auch sie sich. Alle falteten die Hände und Vater sprach ein Tischgebet. Danach löffelten sie schweigend ihre Suppe. Florian kostete vorsichtig. Die Suppe schmeckte anders als die Suppen von seiner Mama oder Oma und er konnte auch nicht herausfinden, was alles in dieser Suppe war, nur was nicht darin war, stellte er fest. Sie war ohne Fleisch gekocht.

Albrecht sah zu Florian, der ihm am Tisch gegenübersaß. Hoffentlich schmeckte seinem Freund das Essen. Wenn er tatsächlich aus der Zukunft kam, war er wahrscheinlich ganz andere Speisen gewöhnt. Florian hätte Albrecht gern gesagt, dass alles in Ordnung war und ihm die Suppe schmeckte, aber er traute sich nichts zu sagen, da alle anderen am Tisch auch schwiegen. Er würde Albrecht später fragen, was diese seltsamen kleinen weißen Klümpchen in der Suppe waren.

Nach dem Essen gingen Vater und Lucas noch einmal in die Schmiede. Sie wollten noch einen Pflug reparieren, den ein Bauer am nächsten Tag dringend brauchte.

Albrecht ging mit Florian in den Garten hinter dem Haus, wo auch die Hühner ihre Unterkunft hatten, und sammelte die frisch gelegten Eier aus den Nestern.

„Sag mal Albrecht, was war das eigentlich für eine Suppe?", forschte Florian.

„Gemüsesuppe mit Hirse. Hat sie dir nicht geschmeckt?"

„Doch, doch", versicherte Florian, „sie hat nur anders geschmeckt, als die Suppen, die meine Mutter kocht. Und Hirse ist da auch nicht drin, dafür aber Fleisch."

„Ihr esst wochentags Fleisch?", wunderte sich Albrecht, „das gibt es bei uns nur sonntags und an Feiertagen. Allenfalls gibt es ein wenig Fleisch, wenn Mutter Knochen auskocht."

„Und warum gibt es so selten Fleisch?"

„Na, weil wir dafür immer ein Tier töten müssen. Und die Tiere sind kostbar, wir schlachten nur so viele Hühner, Schweine und Ziegen in einem Jahr, wie neue geboren werden. So erhalten wir den Bestand für das nächste Jahr, und falls die Ernte schlecht ausfällt, können wir noch mal zusätzlich eine Ziege schlachten oder ein Schwein."

„Ich habe gar keine Schweine im Haus gesehen", unterbrach Florian Albrecht.

„Die Schweine haben ihren eigenen Pferch hier draußen. Komm, ich zeige ihn dir. Mutter will den Geruch der Schweine nicht im Haus haben. Noch dazu jetzt, wo sie Ferkel haben. Die Ziegen sind ihr schon genug."

„Warum habt ihr die Tiere überhaupt mit im Haus? Hier draußen ist doch Platz genug für einen großen Stall."

„Heißt das, ihr lebt nicht mit den Tieren unter einem Dach?", fragte Albrecht.

„Auf keinen Fall", lachte Florian, „Tiere gehören in einen Stall. Wir haben zuhause nur eine Katze. Die lebt natürlich mit in unserer Wohnung.

Meine Großmutter hat ein paar Hühner und vier Kaninchen. Die haben ihre Unterkunft auf dem Hof hinter dem Haus."

„Und andere Tiere habt ihr gar nicht?" Albrecht wunderte sich immer mehr über das, was Florian erzählte.

„Nein, wozu auch? Wir kaufen das Fleisch im ...", Florian stockte. Er hatte Supermarkt sagen wollen, aber dann war ihm eingefallen, dass es im Mittelalter so etwas nicht gab. Wie sollte er Albrecht erklären, dass es in den modernen Supermärkten alles zu kaufen gab, was eine Familie für das tägliche Leben brauchte, von Lebensmitteln und Getränken bis zum Duschbad, Waschmitteln und Toilettenpapier.

„Na, wo kauft ihr denn nun euer Fleisch?", bohrte Albrecht ungeduldig.

„Wir haben Läden, da kann man Fleisch kaufen", gab Florian ausweichend Antwort.

„Was sind Läden?"

„Ach Albrecht, das ist alles so schwierig zu erklären." Und dann hatte Florian eine Idee. „Dein Vater stellt in seiner Schmiede doch Eisengegenstände her für die Dorfbewohner, oder?"

„Na klar", nickte Albrecht und fügte hinzu, „oft repariert er auch Dinge, die entzwei gegangen sind."

„Und die Dorfbewohner kaufen diese Dinge von deinem Vater und bezahlen ihn dafür", ergänzte Florian.

„Ja, manche bezahlen mit Geld, die ärmeren Bauern meist mit etwas Essbarem. Sie bringen frisches Gemüse oder ein gerade erst gebackenes Brot, manchmal auch ein Huhn. Mutter freut sich immer sehr darüber."

„Bei uns muss alles, was wir kaufen, mit Geld bezahlt werden, aber sonst ist das ganz ähnlich wie bei euch. In einem Laden kann man Fleisch kaufen, in einem anderen Gemüse oder Kleidung." Florian war erleichtert, dass er die richtigen Worte gefunden hatte, um Albrecht das Einkaufen in der modernen Zeit zu erläutern.

Albrecht war stehen geblieben und betrachtete Florian mit einem seltsam verträumten

Blick. Dann lächelte er plötzlich verschmitzt und meinte: „Eigentlich würde ich die Zukunft, aus der du kommst, gern mal kennen lernen. Kannst du mich nicht mal dorthin mitnehmen? Nur für einen Tag. Das wäre bestimmt ein aufregendes Abenteuer."

Seufzend und sehr leise antwortete Florian: „Wenn das so einfach wäre. Ich weiß selbst nicht, wie ich wieder nach Hause gelangen kann."

„Aber du hast doch etwas von so einem Ding erzählt, das falsch herum gelaufen ist. Ich habe den Namen vergessen."

„Du meinst die alte Standuhr meiner Großmutter. Ja, Albrecht, die Uhr hat mich irgendwie hierher gebracht, aber sie ist nicht mitgekommen. Wenn die Uhr jetzt hier wäre, würde ich versuchen, sie wieder aufzuziehen in der Hoffnung, dass sie mich zurückbringt. Aber ihr habt hier gar keine Uhren, also weiß ich nicht, wie ich es anstellen soll, zurückzukehren."

„Das ist wirklich dumm. Dann musst du wohl für immer hier bleiben", frohlockte Albrecht, der froh war, so einen interessanten neuen Freund gefunden zu haben.

„Auf keinen Fall", protestierte Florian, „ ich muss zu meinen Eltern zurück. Meine Großmutter macht sich bestimmt schon Sorgen und sucht mich überall. Ich muss unbedingt zurück, spätestens morgen. Denn morgen Abend holen meine Eltern mich bei Großmutter ab."

„Toll, dann haben wir noch eine ganze Nacht Zeit, uns etwas auszudenken, damit wir morgen beide zu dir nach Haus reisen können. Es wird sowieso schon dunkel, also ist es Zeit, schlafen zu gehen. Komm, ich zeige dir, wo wir schlafen werden." Nach diesen Worten ging Albrecht zu dem Verschlag, in dem die Ziegen sich niedergelegt hatten.

„Müssen wir etwa bei den Ziegen schlafen?"

„Natürlich nicht", beruhigte Albrecht seinen Freund, „wir müssen hier die Stiege hinauf auf den Dachboden. Gib acht, dass du dir an den Balken nicht den Kopf stößt." Inzwischen hatte Albrecht das Ende der hölzernen Stiege erreicht, öffnete eine niedrige Tür und schlüfte

Hier kannst du ein eigenes Bild zu der Geschichte malen.

hindurch. Florian folgte ihm. Auf dem Dachboden war es ziemlich dunkel, so dass es ihm schwerfiel, sich zurechtzufinden.

„Dort ist die Kammer meiner Eltern", Albrecht wies mit dem Arm nach rechts, wo eine Bretterwand mit zwei Türen den Dachboden teilte. Die linke kleinere Kammer gehört meinem älteren Bruder, und ich schlafe hier drüben."

Langsam hatten sich Florians Augen an das spärliche Licht gewöhnt, das durch die offene Tür hinter ihm hereindrang. Er konnte an der linken Giebelseite ein Holzgestell erkennen, auf dem merkwürdige Säcke lagen und eine Decke aus Ziegenfellen.

„Ist das dein Bett?"

„Ja und es ist breit genug für uns beide." Einladend winkte Albrecht seinen neuen Freund heran.

„Was ist in den Säcken?"

„Heu!"

„Du schläfst auf Heu?" Florian rieb sich die Augen.

„Na klar, das ist schön weich. Du willst doch bestimmt nicht auf den harten Holzbrettern schlafen, oder?"

„Und mit der Felldecke deckst du dich zu?" Noch immer stand Florian wie angewurzelt da.

„Ja, natürlich. Womit deckst du dich denn zuhause zu?" Albrecht fand die Frage komisch.

„Ich habe eine andere Bettdecke, aber die ist auch warm und weich", gab Florian ausweichend Antwort.

„Na, also, dann komm endlich."

Als Florian sich mit der Felldecke zudeckte, stellte er fest, dass sie noch nach Ziege roch, und rümpfte ein wenig die Nase. Er wollte Albrecht noch etwas fragen, doch der war schon eingeschlafen. Plötzlich fühlte sich auch Florian sehr müde und musste gähnen. Kurze Zeit später glitt auch er ins Land der Träume.

Florians Traumreise

Der erste Traum führte Florian zurück ins Wohnzimmer seiner Großmutter, wo er wieder versuchte, die alte Standuhr aufzuziehen. Wie gebannt starrte er auf den großen Zeiger, der rückwärts lief, und das immer schneller, je weiter Florian die Uhr aufzog. Plötzlich drehte sich alles um ihn herum, das ganze Wohnzimmer erschien ihm wie ein riesiges Karussell.

Um nicht schwindelig zu werden, schloss Florian die Augen.

Mit einem Mal hörte er einen unbekannten Klang und öffnete die Augen wieder. Doch was er nun sah, verschlug ihm die Sprache. Vor ihm lag ein riesiger Turnierplatz. An beiden Seiten gab es Tribünen, auf denen viele Menschen saßen und standen. In der Mitte, unter einem besonders prächtigen Baldachin, saßen zwei seltsam gekleidete Männer und neben ihnen mehrere Frauen in langen glänzenden Kleidern. Jetzt entdeckte Florian auch, woher die unbekannten Klänge kamen. Auf dem Platz standen mehrere Männer, die so ähnlich gekleidet waren wie Albrecht, nur war ihre Kleidung viel bunter und sie trugen kurze Stiefel. Sie bliesen Fanfaren, an denen Fahnen mit Wappen darauf befestigt waren.

Die Musikanten verschwanden, und nun ritten Männer in Kettenhemden und mit glänzenden Helmen auf den Platz und reihten sich vor der Tribüne auf. Sogar die Pferde waren angezogen und trugen Metall an ihren Köpfen.

Das sind Ritter, durchfuhr es Florian. Fast gleichzeitig nahmen die Männer ihre Helme ab und verbeugten sich vor den Damen auf der Tribüne. Dann neigten sie ihre Lanzen und Florian bekam einen gehörigen Schreck. Die werden doch die Frauen nicht aufspießen wollen? Doch für die Damen schien das alles ganz normal zu sein. Einige erhoben sich und banden Tücher an den Lanzen fest.

Hier kannst du ein eigenes Bild zu der Geschichte malen.

Das Traumbild löste sich auf und Florian stand nun wieder auf der Wiese, auf der er Albrecht zum ersten Mal begegnet war. Dann sah er das Dorf und hörte das Getrappel der Pferde vorbeireitender Ritter, die zum Regenstein wollten.

Auch dieser Traum verschwand und Florian sah wieder Großmutters Standuhr vor sich. Allerdings stand die jetzt im Haus von Albrechts Eltern, an der Wand neben dem Regal mit den Tellern und Schüsseln.

„Wie kommt die Uhr denn hier her?", murmelte Florian im Schlaf. Der Schlüssel steckte noch immer in dem Zifferblatt und die Zeiger der Uhr liefen noch immer falsch herum, allerdings wurden sie immer langsamer und langsamer, bis sie schließlich stehen blieben, und zwar genau auf halb zwölf, so wie sie gestanden hatten, bevor Florian versucht hatte, die Uhr aufzuziehen.

Dann verschwand auch dieses Traumbild, und Florian sah seine Großmutter, die er im ersten Moment gar nicht erkannte, weil sie nicht wie gewohnt Hosen trug und eine Bluse oder einen Pullover. Sie hatte ein langes Kleid an mit sehr weiten Ärmeln und eine Art Schultüte auf dem Kopf mit einem Schleier daran.

„Oma, warum hast du so komische Sachen an?" Erst jetzt bemerkte Florian, dass auch er in dem Traum ganz anders gekleidet war, nämlich so ähnlich wie Albrecht. War Großmutter jetzt auch ins Mittelalter gereist? Auf einmal sah Florian auch die Standuhr wieder und wunderte sich. Hatte Großmutter die Uhr mitgebracht? Im Mittelalter gab es doch keine Standuhren, jedenfalls hatte Albrecht das gesagt.

Jetzt sprach Großmutter:

„Zehnmal drehen sind zehn Tage, einmal drehen ist ein Tag." Was sollte das heißen? Florian verstand die Bedeutung der Worte nicht und zerbrach sich den Kopf, was Großmutter wohl gemeint haben könnte.

Plötzlich fiel es ihm wie Schuppen von den Augen. Na klar, das war seine Rückfahrkarte nach Hause. Und mit einem Mal war Florian hellwach und setzte sich mit einem Ruck im Bett auf.

„Ich hab´s!", frohlockte er und riss dadurch Albrecht aus dem Schlaf.

„Was hast du?", fragte der und rieb sich die Augen. Draußen war es schon hell. Die Sonne schien zur Bodenluke herein und in ihren Strahlen tanzten Staubkörnchen.

„Ich weiß jetzt, wie ich wieder nach Hause gelangen kann", gab Florian bereitwillig Antwort. „Es ist ganz einfach. Großmutter hat mir mal erzählt, dass man den Schlüssel im Uhrwerk zehnmal herumdrehen muss, um die Uhr ganz aufzuziehen. Dann geht sie zehn Tage lang. Aber ich habe den Schlüssel nur einmal herumgedreht, also wird die Uhr heute Mittag stehen bleiben. Und dann werde ich wieder heimkehren zu meinen Eltern und meiner Großmutter."

„Aha", meinte Albrecht, überlegte eine Weile und fragte schließlich, „und dann nimmst du mich mit?"

„Keine Ahnung." Florian zuckte mit den Schultern. „Wir können es versuchen. Vielleicht klappt es, wenn wir uns an den Händen halten."

„Und du weißt genau, wann du zurück musst?" Albrecht war skeptisch. Er wusste nicht, was er von all dem halten sollte. Wieso hatten seine Eltern Florian beim Abendessen keine Fragen gestellt? Sie mussten doch bemerkt haben, dass er ganz anders angezogen war. Doch weder Vater noch Lucas hatten Notiz davon genommen. Das war alles sehr merkwürdig.

„Heute Mittag, das habe ich doch schon gesagt." Inzwischen war Florian aufgestanden und hatte seine Jenas angezogen. Er griff nach seinem T-Shirt und hielt plötzlich inne: „Sag mal, Albrecht, wo wascht ihr euch eigentlich?"

„Am Brunnen draußen auf dem Hof", rief der ihm zu und kletterte die Stiege zum Erdgeschoss hinab. Als Florian unten ankam, holte Albrecht bereits die Ziegen aus ihrem Verschlag.

Florian ging hinaus zu dem Brunnen. Der Holzeimer hing an einem Seil kurz über der Wasseroberfläche. Mit beiden Händen drehte Florian an der Kurbel der Eimerwinde und der Eimer platschte aufs Wasser. Doch er füllte sich nicht, egal wie oft Florian ihn auf der Wasseroberfläche hin und her schubste.

Albrecht hatte die Bemühungen seines Freundes durch die offene Tür mit angesehen und eilte ihm nun zu Hilfe, gefolgt von den Ziegen.

Mit flinken Händen griff Albrecht nach dem Seil und zog den leeren Eimer nach oben. Dann drehte er ihn mit der offenen Seite nach unten und warf ihn wieder in den Brunnen. Dieses Mal tauchte der Eimer ein und die beiden zogen mit Hilfe der Winde das frische Wasser nach oben. Es war sehr kalt und Florian bekam eine Gänsehaut, als er seine Unterarme hineintauchte. Doch das Wasser erfrische ihn und vertrieb den letzten Rest von Müdigkeit. Albrechts Mutter betrat den Hof und reichte Florian ein Wolltuch, damit er sich abtrocknen konnte.

„Ich habe Hafergrütze gekocht", sagte sie mit einem gutmütigen Lächeln, „damit ihr beim Hüten der Ziegen keinen Hunger bekommt."

Die Kirchenglocke ertönte und ließ Florian zusammenzucken.

„Sie ruft uns zum Morgengebet", erklärte die Mutter, „und ich werde jetzt zur Messe gehen. Also esst, und dann bringt die Ziegen auf die Wiese. Ihr könnt sie auf dem Hof lassen, solange ihr frühstückt, aber gebt acht, dass sie nicht in den Garten laufen. Sonst fressen sie uns das frische Gemüse weg."

„Machen wir, Mutter", versprach Albrecht, kontrollierte die Pforte zum Garten und ging dann mit Florian ins Haus.

„Wo sind dein Vater und dein Bruder?", wollte Florian wissen.

„In der Schmiede, wo sonst. Sie fangen an zu arbeiten, sobald es draußen hell ist."

Eigentlich hatte Florian keinen Appetit auf Hafergrütze.

Er mochte schon die Haferflockensuppe nicht, die Großmutter manchmal zum Frühstück aß. Und Grütze kannte er nur als rote Grütze aus Kirschen und Johannisbeeren, aber Hafergrütze?

Albrecht füllte zwei Holzschüsseln mit dem grauen Brei und reichte eine davon Florian, dazu einen Holzlöffel. Die beiden setzten sich an den Tisch und Albrecht fing sofort an die Grütze in seinen Mund zu schaufeln, während Florian nur ein wenig davon auf den Löffel nahm und vorsichtig kostete. Es schmeckte ungewohnt, aber nicht schlecht. Außerdem hatte Florian Hunger und das nächste Mal würde er wohl erst etwas zu essen bekommen, wenn er mittags zu seiner Großmutter zurückgekehrt war. Und satt machte die Hafergrütze auf jeden Fall.

In Windeseile

Nach dem Frühstück gingen Florian und Albrecht mit den Ziegen auf die Wiese, auf der die Jungen sich gestern zum ersten Mal getroffen hatten. Die größte der Ziegen hatte Albrecht an einem Strick geführt, den er nun um den Stamm eines jungen Baumes legte und festband.

„So kann die Alte nicht weglaufen und wir können uns in Ruhe unterhalten", beantwortete Albrecht Florians fragenden Blick.

„Und die anderen beiden laufen nicht weg?"

„Nein, Florian, das sind die Kinder der Alten. Sie sind erst ein Jahr alt und bleiben immer in der Nähe ihrer Mutter."

Das genügte Florian als Erklärung, er wollte Albrecht noch von seinem Traum erzählen und erhoffte sich von seinem neuen Freund Antworten auf seine Fragen.

„Du, Albrecht, ich hatte einen merkwürdigen Traum. Ich habe von einem Turnier geträumt."

„Woher weißt du, was ein Turnier ist, ich denke, du bist zum ersten Mal hier?"

„Bin ich auch, aber ich habe schon ein Turnier im ...", Florian hielt inne. Er wollte sagen, dass er ein Turnier in einem Film im Fernsehen gesehen hatte, aber dann war ihm eingefallen, dass Albrecht weder das eine noch das andere kannte. Also verbesserte sich Florian rasch: „... auf einem Bild gesehen:"

„Habt ihr viele solche Bilder dort, wo du herkommst?"

„Ja, aber nicht nur von Turnieren. Es gibt auch viele Bilder, auf denen meine Familie zu sehen ist."

„Euch hat jemand gemalt?", rief Albrecht erstaunt. „Dann müssen deine Eltern wichtige Leute sein."

„Nicht gemalt, wir machen Bilder ganz anders. Das kann jeder mit so einem ...", Florian suchte ein Wort, das Albrecht verstehen konnte, „ mit so einem Apparat. Da muss man nur auf einen Knopf drücken und schon ist das Bild fertig."

„Dann könnt ihr also doch zaubern. Diesen Apparat möchte ich unbedingt sehen. Du musst mich mitnehmen, bitte", flehte Albrecht.

„Ich werde es versuchen", versprach Florian, „aber nun erzähle mir mal, wie so ein Turnier abläuft. Ich habe Männer in bunter Kleidung gesehen, die auf langen Fanfaren bliesen, an denen Fahnen hingen und dann habe ich Ritter auf Pferden gesehen und die Pferde waren auch alle verkleidet, und dann ...", weiter kam Florian nicht, weil Albrecht in schallendes Gelächter ausgebrochen war.

„Was ist so lustig?", knurrte Florian, ahnend, dass er in seiner Unwissenheit einen Fehler gemacht hatte.

„Die Pferde sind nicht verkleidet, sie tragen Schabracken mit dem Wappen ihres Herrn darauf und in den gleichen Farben, die auch der Ritter trägt", erklärte Albrecht, nachdem er sich beruhigt hatte

"Scha ... was?", fragte Florian nach. Dieses Wort hatte er noch nie gehört.

„Schabracke nennt man das."

„Aha, und warum hatten die Musiker Fahnen an ihren Instrumenten?"

„Waren die Fahnen gelb mit einer roten Hirschgeweihstange darauf?", forschte Albrecht

„Ja, woher weißt du das?", wunderte sich Florian.

„Ich habe es vermutet, weil es das Wappen der Regensteiner ist. Da hat der Graf ein Turnier ausgerichtet."

Und dann war da noch etwas Seltsames. Die Ritter hatten sich mit ihren Pferden nebeneinander aufgestellt und verbeugten sich vor einigen sehr prächtig gekleideten Männern und Frauen."

Hier kannst du ein eigenes Bild zu der Geschichte malen.

„Das war Graf Albrecht von Regenstein mit seiner Gemahlin Anna von Mansfeld und seinem Gefolge. Da waren auch die Zofen der Gräfin dabei, deshalb hast du mehrere Frauen gesehen. Was ist merkwürdig daran?"

„Du hast mich nicht ausreden lassen", schmollte Florian, „in meinem Traum haben die Ritter mit ihren Lanzenspitzen genau auf die Frauen gezeigt. Einige sind dann aufgestanden und haben den Rittern bunte Tücher an die Lanzen gebunden."

„Ach so, du meinst den Turniergruß. Die Tücher sollen den Rittern im Turnier Glück bringen. Jedenfalls glauben sie daran. Hast du noch etwas gesehen?"

Florian überlegte und schüttelte schließlich den Kopf: „Im Moment fällt mir jedenfalls nichts weiter ein."

„Dann hast du den Herold also nicht gesehen?"

„Was ist ein Herold?"

„Der Herold hat die wichtigste Aufgabe beim Turnier. Er sorgt dafür, dass alles so abläuft, wie es sein muss", antwortete Albrecht und fuhr fort; „er kennt alle Wappen und ruft die Turnierpartner auf, die gegeneinander antreten sollen. Auch achtet er darauf, dass der Kampf fair geführt wird und der Ritter den Sieg erhält, der ihn auch verdient hat."

„Bist du schon mal bei einem Turnier dabei gewesen?"

„Nein, aber ich habe die Vorbereitungen für ein Turnier gesehen. Vater wurde gerufen, um etwas an der Turnierbahn zu reparieren, und da mein Bruder aus der Schmiede nicht weg konnte, hat Vater mich mitgenommen. Zwei Knappen des Grafen haben mir alles gezeigt und erklärt."

„Knappen, das Wort kenne ich", frohlockte Florian, „so nennt man die Söhne der Ritter, wenn sie das Kämpfen lernen."

„Stimmt, aber bevor die Jungen Knappen werden, sind sie erst einmal Pagen. Das heißt, sie putzen die Stiefel des Ritters, bringen ihm zu trinken und erledigen kleine Aufgaben, die sie übertragen bekommen. Außerdem lernen sie auch reiten und müssen ab und zu im Stall mithelfen. Wenn sie groß genug sind, werden die Jungen von Zuhause fortgeschickt zu einem anderen Ritter. Dort lernen sie den Umgang mit den Waffen der Ritter, also Lanze, Speer, Schwert, Streitaxt und Schild. Sie lernen zuerst den Kampf am Boden und später das Kämpfen zu Pferde. Haben sie den Umgang mit den Waffen gut gelernt, bekommen sie die Schwertleite. Dann sind sie meist schon fast erwachsen. Und wenn sie auch alle anderen Dinge gelernt haben, die ein Ritter können muss und eine eigene Ausrüstung und mindestens drei Pferde besitzen, dann werden sie in den Ritterstand erhoben und sind dann auch verpflichtet, für und mit dem Grafen zu kämpfen, wenn der sie ruft."

„Puh", Florian holte tief Luft, „das ist ja eine ganze Menge, was ein Ritter lernen muss."

„Das kannst du laut sagen", bestätigte Albrecht, „aber zum Glück muss ich mir diese Sorgen nicht machen. Ich werde Schmied, so wie mein Vater."

„Ich habe Durst", gestand Florian plötzlich.

„Ich auch", gab Albrecht zurück und erhob sich von dem Baumstumpf, auf dem er gesessen hatte. „Komm mit, hier drüben fließt ein Bach, aus dem können wir trinken."

„Einfach so?" Florian runzelte die Stirn. Schließlich hatten seine Eltern ihm eingeschärft, dass es in Bächen, Seen und Flüssen viele Krankheitserreger gibt und man das Wasser deshalb nicht trinken soll.

„Hast du noch nie mit deinen Händen Wasser geschöpft und es dann getrunken?"

„Doch, Albrecht, aber das war Leitungswasser und nicht aus irgendeinem Bach."

„Leitungs ... wasser ..., was bedeutet das?"

Na klar, dachte Florian, Wasserleitungen kennt Albrecht natürlich auch nicht. Wie sollte er das jetzt wieder erklären? Aber dann hatte er eine Idee.

„Das ist schwierig zu beschreiben, aber wenn du mit zu mir nach Hause reist, dann zeige ich dir, was eine Wasserleitung ist."

Albrecht blinzelte in die hoch stehende Sonne: „Es dauert nicht mehr lange, bis sie ihren höchsten Stand erreicht hat."

„Dann wird Großmutters Standuhr bald stehen bleiben, und wir müssen uns jetzt an den Händen fassen, damit ich dich mit zurücknehmen kann."

Die Jungen setzen sich am Bachufer einander gegenüber ins Gras und fassten sich bei den Händen. Immer wieder blinzelten sie abwechselnd in die Sonne. Wann würde es endlich so weit sein. Florians Herz begann, schneller zu schlagen. Seine Hände wurden feucht. Albrecht schien es ähnlich zu gehen.

Und dann geschah es. Als Florian wieder in die Sonne blinzelte, kitzelte die ihn in der Nase, so dass er niesen musste. Er ließ Albrecht los und hielt beide Hände vor das Gesicht. Es blieb nicht bei einem Nieser, ein Zweiter und Dritter folgten. Mit einem Mal wurde Florian schwindlig und er fühlte sich emporgehoben. Von Ferne hörte er Albrecht rufen: „Warte auf mich. Ich will auch mit!"

Als Florian die Augen wieder öffnete, stand er auf dem Stuhl in Großmutters Wohnzimmer vor der Standuhr, so als wäre nichts geschehen. Die Zeiger waren auf halb zwölf stehen geblieben. Der Schlüssel steckte noch immer in dem großen Zifferblatt. Vorsichtig zog Florian ihn heraus und ließ ihn in seine Hosentasche gleiten. Dann sprang er von dem Stuhl und schon ihn an seinen Platz zurück. Anschließend schloss er leise die Glastür an der Uhr und verließ das Wohnzimmer. In der Küche nahm er eine Packung Milch aus dem Kühlschrank und goss sich ein Glas voll ein. Da hörte er, wie die Haustür geöffnet wurde und im nächsten Moment stand seine Großmutter in der Küche.

„Da bin ich wieder. Tut mir leid, dass es länger gedauert hat, aber wie ich dich kenne, hattest du inzwischen bestimmt keine Langeweile."

„Nein, die hatte ich wirklich nicht", gab Florian zurück und ergänzte den Satz in Gedanken: Wenn du wüsstest, Oma, was ich erlebt habe, du würdest mir kein Wort glauben.

Wie wäre die Geschichte wohl weitergegangen,
wenn Albrecht den Zeitsprung in die Gegenwart geschafft hätte?
Schreibe deine Gedanken hier auf.

Die Autorin
Sarina Maria Lesinski

Verheiratet, Mutter von drei Kindern und mehrfache Großmutter.
Wenn sie nicht in einem mittelalterlichen Heerlager an ihrem Brettchenwebstuhl sitzt, in der heimischen Nähstube neue Handarbeitstechniken ausprobiert oder Kräuter aus ihrem Garten zu Salben, Tees und Tränken verarbeitet, dann schreibt sie. Dabei nutzt sie ihre ausgeprägte Beobachtungsgabe und ergänzt diese mit fast unerschöpflicher Fantasie.

Bücher der Autorin:
Das Abenteuer der experimentellen Archäologie
Einblicke in die Entwicklung des textilen Handwerks mit Schwerpunkt Brettchenweberei
Seit ich mich mit Brettchenweberei beschäftige, fasziniert mich das Können der Weberinnen und Weber vergangener Jahrhunderte, ihr Einfallsreichtum und ihre Kreativität. Viel altes Wissen ist bereits verlorengegangen. Ich möchte einen kleinen Beitrag dazu leisten, daß dieses alte Handwerk auch im 21. Jahrhundert noch eine Zukunft hat.
Bilshausen: Fabuloso 2005, 2te erw. Auflage, Pb. , 94 S. ;
Preis: 9,50 Euro (978-3-935912-17-4)

Eriks Abenteuer in Merlins Reich
Drei Mal wird Erik von seinen Freunden um Hilfe gebeten. Er erlebt dabei jedes Mal spannende Abenteuer, die für alle Beteiligten nicht ungefährlich sind.
Bilshausen: Fabuloso 2011,
Gesamtausgabe der drei Erikabenteuer,
Pb. , 330 S. ; Preis: 18,80 Euro (978-3-935912-60-0)

Die Abenteuer von Pumpelpütz und Schnarchschnuffel Geschichten-Malbuch Nr 1
Geschichten aus der Sagenwelt zum Ausmalen.
Ringgebunden, Außenseiten laminiert/abwaschbar
24 Seiten DIN A 5 Preis: 4,50 Euro

Das Labyrinth im Spiegel
Ein Roman, in dem die Grenzen zwischen Magie und Wirklichkeit fließend sind. Zwei junge Frauen suchen nach dem Geheimnis der Dachbodenfunde. Was verbindet sie?
Bilshausen: Fabuloso 2005, 250 S.;
Preis: 13,80 Euro (978-3-935912-23-5)

Die Wächter des Kelches von Arx
Ein Roman um mysteriöse Ereignisse in den Pyrenäen.
Anita plant Urlaub in den Bergen. Der vierzehnjährige Sohn Philipp hofft auf ein spannendes Abenteuer.
Bilshausen: Fabuloso 2006, Pb., 250 S.;
Preis: 14,00 Euro (978-3-935912-27-3)

Unheimliche Erschaft

Auf einer kleinen Nordseeinsel stirbt die alleinstehende Fotografin Marie Bacher an einer rätselhaften Krankheit.
Obwohl die Todesursache ungeklärt ist, verhindert der Inseldoktor eine Autopsie.
Bilshausen: Fabuloso 2007, Pb.,100 S.;
Preis: 12,00 Euro (978-3-935912-33-4)

Schatten im Moor

Florian Willert muss zurück nach Deutschland, denn sein Großvater fand unter seltsamen Umständen den Tod. Ein Geheimnis und ein seltsames Ritual aus heidnischer Zeit sind die Dinge, mit denen er sich auseinandersetzen muß.
Bilshausen: Fabuloso 2008, Pb., 171 S.;
Preis: 11,00 Euro (978-3-935912-39-6)

Die letzte Karte von Andreashall

In der Erwartung, eine Ruine vorzufinden, machen sich die Studenten Raffael und Tillmann auf den Weg zu dem lange verlassenen Herrensitz Andreashall.
Erstaunt stellen sie fest, dass das Anwesen gut erhalten und gepflegt ist.
Bilshausen: Fabuloso 2010, Pb., 180 S. ;
Preis: 12,00 Euro (978-3-935912-51-8)

Die Glocke von Sankt Anna

Eine dunkle Legende rankt sich um das verfallene Kloster St. Anna. Vier Kinder wollen das Geheimnis ergründen. Als Thomas spurlos verschwindet, brauchen die anderen drei Hilfe von einem Erwachsenen.
Bilshausen: Fabuloso 2011, Pb., ca. 128 S.;
Preis: Preis: 9,50 Euro (978-3-935912-61-7)

Schwingungen; mit Rummel, Petra;

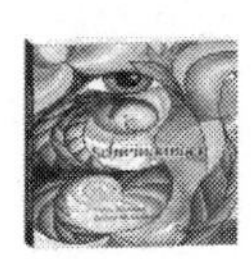

Poesie entdeckt im Jahresrhythmus der Natur und im Herzschlag der Menschen,
2011, Hc. 20 Zeichnungen und Bilder, 70 S.;
Preis : 9,00 Euro

In der Barke des Mondes

Um der Sklaverei zu entgehen, muss Almeas Sippe ihr Siedlungsgebiet im Harzvorland verlassen und sich auf eine gefahrvolle Wanderung begeben in ein Gebiet, in dem 3600 Jahre später die Hobbyarchäologin Camilla lebt.
Bilshausen: Fabuloso 2011, Pb., 174 S.;
Preis ohne MwSt.: 12,00 Euro (978-3-935912-64-8)

Jonas und die Traumlinde

Es ist ein Glücksfall für Jonas, der blinden Lara zu begegnen, die soviel über die Geschichte von Sürhofsdorf weiß. Sie zeigt ihm den mittelalterlichen Gerichtsplatz mit der riesigen hohlen Linde. Immer, wenn Jonas in den Stamm des Baumes hineinkriecht, wird das Mittelalter auf seltsame Art für ihn lebendig.
Und dann gibt es da noch die Sage von der wohltätigen Heidelind, deren Taten auch in der Gegenwart noch deutlich spürbar sind.
Bilshausen: Fabuloso 2013 Pb., 7 Zeichnungen 127 S.;
Preis: 9,80 Euro
ISBN: 978-3-935912-82-2

Via Sanguinosa

Wollten Sie nicht schon immer mal nach Italien, Sonne, Sehenswürdigkeiten und Strand genießen?Lieben Sie das Abenteuer, unheimliche Orte und längst vergessene Begebenheiten?Schrecken Sie vor mysteriösen Todesfällen und verzwickten Ereignissen nicht zurück?
Dann begleiten Sie Alicia auf ihrem gefährlichen Ausflug ins Land der ehrenwerten Familie...
Spähen Sie mit ihr durch verbotene Fenster und erleben Sie den Zauber, aber auch die Gefahr, die von jenem Geheimen ausgeht, das seit Jahrhunderten die Menschen elektrisiert.
Ein fesselnder Krimi mit – wie sollte es anders sein? – unerwartetem Ende ..
2013 Fabuloso-Verlag Bilshausen
Preis: 12,50 Euro
ISBN: 978-3-935912-91-4

Der erste Band der Reihe
Auf Stempeljagd mit Pumpelpütz und Schnarchschnuffel.

Endlich hat sie auch das Stempelfieber gepackt, die beiden Koboldkinder Pumpelpütz und Schnarchschnuffel, deren Zuhause schon seit einigen Jahren das Bodetal ist.
Und damit die beiden sich nicht verlaufen, werden sie von der Wanderelfe Jonika begleitet, die nicht nur den richtigen Weg kennt, sondern auch Wissenswertes über die einzelnen Stempelstellen berichten kann.

Ein Muss für alle kleinen Wanderprinzen und –prinzessinnen.
Ein Wegbegleiter zum Wandern mit der Harzer Wandernadel (Altersstufe 4-9 Jahre).
Preis 5.00 €

Weitere Informationen und Leseproben:
www.borten-buecher.de
www.fabuloso.de / www.creativo-online.de

Kleine mittelalterliche Farbenlehre

Gefärbt wurde vorwiegend mit heimischen Pflanzen. So konnte man unterschiedliche Gelb-, Grün-, und Brauntöne erreichen.

Schwieriger war es mit den Farben Rot und Blau. Zwar wurde ab dem Mittelalter der Färberwaid in Europa kultiviert, ein Abkömmling der in Indien heimischen Indigopflanze, aus der man blauen Farbstoff gewinnen konnte. Doch auch der Waid liebt mildes Klima und wuchs in den südlichen Staaten Europas. Von dort musste er importiert werden.

Roter Farbstoff wurde aus einer Schildlaus, der Kermeslaus, gewonnen, die hauptsächlich in Italien heimisch war.

Der Purpurfarbstoff, ein violett-rot, wurde aus der Purpurschnecke gewonnen, die nur in warmen Gewässern zu finden ist. Diese Farbe war Kaisern und Königen vorbehalten, sowie dem Papst und den Kardinälen.

Diese Farben mussten über Handelswege bis in unsere Region transportiert werden, was die Farben natürlich sehr teuer machte. Deshalb konnten sich nur Adlige Kleidung in rot und blau leisten. Die Handwerker und Bauern trugen nur mit heimischen Pflanzen gefärbte Kleidung. Wer auch dafür zu arm war, trug ungefärbte Kleidung. Die Kleidung des Mittelalters bestand aus Leinen, das aus der Flachspflanze gewonnen wurde und aus Wolle von heimischen Tieren, z.B. Schafen und Ziegen. Der Adel trug Gewänder aus Seide, weich gekämmter Wolle und auch Baumwolle.